BERTRAND VET

LES NUITS
AGITÉES D'UN BOCAL

LTB

Du même auteur :

La suicidée, PJO.
Angoisse Borracha, SGDP.
Instants d'un corps, Ministère de la Culture, LTB.
Sourire Noir, LTB.
Les mirettes assassines, LTB.

bertrand.vet@laposte.net

ISBN : 978-2-906294-11-0

LES NUITS AGITÉES
D'UN BOCAL

À LIL
« Certains jours »

Certaines nuits
D'insomnies s'éveillent à poing fermé

Certaines nuits
LIL

Certaines nuits, le hasard joue aux dés d'une main sûre. Il le fait sur un espace virtuel où le doute est omniprésent. Est-ce une rencontre ou l'illusion d'une réminiscence ?

Quarante ans plus tard, Lil apparut tissée d'effilures offertes à la lumière, palimpseste toujours effacé pour une nouvelle danse sur le souffle de « Certains Jours ».

Ainsi naquit cette correspondance virtuelle entre jours et nuits, peut-être gommée à l'instant de sa calligraphie.

Certaines nuits
En mantra
Certaines nuits
De pouvoir s'amusent de leur amphigouri
Certaines nuits
Posent un cul-de-lampe sur un poème
Certaines nuits
Ferment les yeux sur l'avenir immanent
Certaines nuits
Pour se percher rêvent d'étoiles
À mille branches
Certaines nuits
Dessinent de solitaires aigues-marines
Certaines nuits
Séduisent des carats en reflets
Certaines nuits
Naissent muettes de peur enfantines
Certaines nuits
Serpentent noires de chine et peu câlines

Certaines nuits
Se surprennent éveillées au ponant
Certaines nuits
Jouent aux dés à corps à tout hasard
Certaines nuits
Dévoilent décors luxueux en zircone
Certaines nuits
Lumineuses sous l'aba jour des noces
Certaines nuits
Démaillotées ne se baignent
Pas à heures fixes
Certaines nuits
Ne se sentent pas noires sous l'écran blanc
Certaines nuits
Respirent nombreuses sous les voûtes
Du Pont-Neuf
Certaines nuits
Dénotent tactiles du bout des ongles
Certaines nuits
Ondulent célibataires endurcies
Sous la fontaine pétrifiante
Certaines nuits
Sans lune de miel aux épices
Certaines nuits
Éructent affamées de restes à roucher
Certaines nuits
Endurent la pépie d'un piaf alcoolique
Certaines nuits
Chargent muettes sur leurs gueules cassées

Certaines nuits
En vérité frétillent nues en sortant du puits
Certaines nuits
Rêvent de cauchemars en noir et blanc
Certaines nuits
Se perçoivent sourdes de n'avoir pas de pot
Certaines nuits
Chaloupent des valses qui viennent
Certaines nuits
Mettent des bas pour grésiller
Certaines nuits
Règnent aveugles par amour
Sourdes par plaisir
Certaines nuits
S'invitent à l'improviste avec un bouquet
Certaines nuits
Étouffent des corps à corps
À l'orée d'un bois
Certaines nuits
Haïssent la couette en plumes de canard
Certaines nuits
Se costument en carnaval sous les soupirs
Certaines nuits
Ne dupent pas le niveau du pas sage
Sans voie
Certaines nuits
Bégaient une obsession en ritournelle
Certaines nuits
Assassinent les pères Noël en été

Certaines nuits
Se caressent en douce les frimousses
Certaines nuits
Ne se sentent ni filles ni garçons en pantalon
Certaines nuits
Ennuient passé dix heures du soir
Sur une mire
Certaines nuits
Espèrent pour survivre au monologue
En chair
Certaines nuits
Tanguent à hauts talons ou perchées
Sur un mat
Certaines nuits
En pantoufles dévorent des Charentaises
Certaines nuits
Ne gémissent pas en vair soufflées par envie
Certaines nuits
Aiment le cristal de roche des pendules
Certaines nuits
Oublient leur âge en coquettes
Certaines nuits
Nuisent aux nuisettes des Baby Dolls
Certaines nuits
Se ferment au jour des anémones de mer
Certaines nuits
S'impatientent d'éternels retours
Cosmologiques

Certaines nuits
N'aiment pas les réveils mutins
Certaines nuits
Raffoleraient être seules au milieu des autres
Certaines nuits
Accueillent des inconnus stressés
Dans leurs couettes
Certaines nuits
S'exposent nues au fond d'un puits
Pour les enfants du paradis
Certaines nuits
N'usent pas la vérité en bonne à dire
Certaines nuits
Trouvent le temps long à nettoyer un cadran
Certaines nuits
Aiment leurs insomnies dès le coucher
Des poules
Certaines nuits
Dénoncent anonymement des vols
De corbeaux
Certaines nuits
Ne savent plus où est le jour d'après
Certaines nuits
Ondulent paresseuses pour les couleuvres
Certaines nuits
Écrivent par manque de temps
Certaines nuits
Se peignent à coups de couteau

Certaines nuits
S'apprécient bavardes et voleuses
Certaines nuits
S'imaginent des coiffes changeantes
Certaines nuits
Abouchent des corps désaccordés en là
Certaines nuits
Conçoivent des ventres ronds à offrir
Certaines nuits
Aiment les croissants moqueurs
Certaines nuits
Comme la Lune
Certaines nuits
Veulent du soleil sans rendez-vous
Certaines nuits
Dénichent des cris d'enfant repu
Certaines nuits
Lisent de sales caractères
Certaines nuits
Ânonnent dans les Cévennes avec
Modestie
Certaines nuits
S'amusent en solitaires
Dieu seul les voit
Certaines nuits
Saisissent des lueurs d'espoir au loin
Certaines nuits
Ourlent des lèvres charnues avant les beaufs

Certaines nuits
Frôlent des baisers avides de perles d'eau
Certaines nuits
Serrent des glaçons sans bruit
Certaines nuits
Détectent des réveils triomphants
Intempestifs
Certaines nuits
S'éprouvent aveugles dès l'angélus et sourdes
Certaines nuits
S'éventent en apnée dans la grande bleue
Certaines nuits
En ronflent encore d'insouciance
Certaines nuits
Campent sur leur décision
Pour une Canadienne
Certaines nuits
S'agrippent et se grippent par vanité
Certaines nuits
Froissent des mouchoirs en soi et pour soi
Certaines nuits
Des inconnues au bois de Boulogne
Montent en amazones
Certaines nuits
Brassent des silences mousseux du col
Certaines nuits
Retournent des pages de garde
Certaines nuits
Répondent à certains jours désinvoltes

Certaines nuits
N'en croient pas leurs quinquets innocents
Certaines nuits
Goûtent des aigreurs de grand cru
Certaines nuits
S'enrhument sucrées de cannes à la grenadine
Certaines nuits
Comptent les heures à changer
Certaines nuits
Content des fables amorales
Certaines nuits
Chantent les berceuses en tagalog
Certaines nuits
S'enflamment amputées d'aurores boréales
Certaines nuits
Dansent le Rigaudon
Sur les marches funèbres
Certaines nuits
Trompent des paupières lourdes de plaisir
Certaines nuits
Ne se déchiffrent pas à l'heure des bourgeons
Certaines nuits
Haïssent certains jours amnésiques
Certaines nuits
Ressentent le mal de cœur d'artichaut
Certaines nuits
Ne tombent jamais de haut
Certaines nuits
Lèvent le voile sur la fin du jour

Certaines nuits
Jouent à la marelle en enfer
Certaines nuits
Parient une tunique aux dés
Certaines nuits
Tirent leur avenir à la roulette
Certaines nuits
Se moquent du passé en chanson
Certaines nuits
Coulent pressées d'en finir
Certaines nuits
S'exhalent assoiffées de liberté gazeuse
Certaines nuits
Se consomment affamées pour garder la ligne
Certaines nuits
Fleurent éreintées de chevauchées
Certaines nuits
Se tordent au fer rouge
Certaines nuits
Jouent à chat dans une botte d'aiguilles
Certaines nuits
Bégaient sur un triporteur
Certaines nuits
Éblouissent en phare breton
Certaines nuits
Papillonnent pour le plaisir des poissons
Certaines nuits
Brossent des toiles qui s'encroûtent

Certaines nuits
Des étoiles sans araignées du soir
Perdent espoir
Certaines nuits
Barbouillent les couleurs
D'un caméléon hystérique
Certaines nuits
Arborent des arcs-en-ciel sans carquois
Certaines nuits
S'éveillent dans des squares pour enfants
Certaines nuits
Se racontent à une inconnue étrangère
Certaines nuits
Soliloquent devant un verre à pied
Certaines nuits
Enfilent des cauchemars à la queue leu leu
Certaines nuits
Sirotent des voies lactées à la fraise
Certaines nuits
Fredonnent des voix de cristal
Certaines nuits
Rêvent de jour une belle
Certaines nuits
Aspirent des soleils verts sans rayon
Certaines nuits
Suintent des pinceaux éthérés
Certaines nuits
Se trouvent chouettes mais s'effraient

Certaines nuits
Captent des regards d'enfants émerveillés
Certaines nuits
Naissent nues et s'aiment
Certaines nuits
S'imaginent au lendemain
Certaines nuits
N'iront pas dans les bois écouter la cigale
Certaines nuits
Tournent les pages blanches du meunier
Certaines nuits
Nichent fragiles la tête en bas sans perruque
Certaines nuits
Se cisèlent en cristaux de prismes
Certaines nuits
Se floconnent en chantant des quantiques
Certaines nuits
Pratiquent du bouche-à-bouche gourmandes
Certaines nuits
Fondent sur la langue d'un bonhomme
De neige
Certaines nuits
Allaitent de plaisir haletant
Certaines nuits
Pleurent des frangines d'un soir crinoline
De Léo
Certaines nuits
Essaient des lunettes de soleil

Certaines nuits
S'abreuvent de rimes en rien
Certaines nuits
S'érotisent d'ombres chinoises
Certaines nuits
Prient leurs petits saints de le rester
Certaines nuits
S'écrient face à la mer des onomatopées
Certaines nuits
S'écrivent en braille pour se caresser
Certaines nuits
Somnolent sur le rythme des rails
Certaines nuits
Possèdent l'horreur du vide naturellement
Certaines nuits
Achètent des remords mensongers
Certaines nuits
S'ignorent par politesse
Certaines nuits
Pochardes chopines des quarts de queue
Certaines nuits
Cryptent des télés visions
Certaines nuits
Repassent sans faire un pli
Certaines nuits
Tous les chats piaulent gris de lait
Certaines nuits
S'offrent des fantômes déchaînés

Certaines nuits
S'époumonent au bord des oasis
Certaines nuits
S'éternisent chez leur voisin
Certaines nuits
Mangent des aurores aïoli
Certaines nuits
Tissent des rayons verts
Certaines nuits
Nuisent à la santé des évadés
Certaines nuits
Suffoquent de rire aux anges
Certaines nuits
Écoutent les échos de certains jours
Certaines nuits
S'impriment dans du marbre
Certaines nuits
S'endorment sur des grilles de métro
Certaines nuits
Ne demeurent pas toujours câlines
Certaines nuits
Marchent à la baguette
Certaines nuits
Se parent d'octopus
Certaines nuits
Exposent des têtes de citrouilles
Certaines nuits
Aiment fêter toujours vingt ans

Certaines nuits
S'entêtent en fêtes sur un pont
Certaines nuits
Se parent de falbalas
Certaines nuits
S'exposent sans culotte mais avec un bonnet
Certaines nuits
Se conjuguent au pluriel
Certaines nuits
S'aiment des solitaires diaphanes
Certaines nuits
Frottent les étoiles à l'émeri
Certaines nuits
Endiablées se trémoussent dans les flammes
Certaines nuits
S'assourdissent d'Adamo dans la ouate
Certaines nuits
Sans lune à Montmartre le soir
Certaines nuits
Se reculent d'effroi devant les espaces infinis
Certaines nuits
Se marrent à voir la frimousse de certains jours
Certaines nuits
S'étranglent de honte bue
Certaines nuits
Fument des P4 réformées
Certaines nuits
Ouvrent les cages des koalas

Certaines nuits
S'endorment en chien de fusil
Certaines nuits
Ne s'estiment pas folles à lier des relations
Certaines nuits
S'enfuient d'être voleuses de songes
Certaines nuits
S'esseulent sous le jaune d'un lampadaire
Certaines nuits
S'achèvent absentes à leurs rêves
Certaines nuits
S'affalent de tout leur long
Certaines nuits
Sombrent englouties dans leur clair-obscur
Certaines nuits
Affichent des ombres de théâtre
Certaines nuits
Oublient leur rêve dans le métro
Certaines nuits
Indiennes dénouent leur sari
Certaines nuits
Sonnent Bing Ben avec un bouchon
De champagne
Certaines nuits
Trompent la peur du crépuscule des Dieux
Certaines nuits
À perte d'horizon nimbées de bleu
Certaines nuits
Se dénichent pénombres de frondaisons

Certaines nuits
Se fissurent en statues de sel
Certaines nuits
Manquent de lucidité devant leur vers
Certaines nuits
Se contournent périphériques pour calmer
Leurs nerfs
Certaines nuits
Sortent nues du puits par mensonge
Certaines nuits
Ouvrent des bouches de métro
Certaines nuits
Se savourent rousses en croissant
Certaines nuits
Se prostituent le jour par manque d'amour
Certaines nuits
Jouent au go en se lançant la pierre
Certaines nuits
Assènent un échec au mat de cocagne
Certaines nuits
Ne portent pas conseil aux obstinés
Certaines nuits
Grignotent la peau lisse dans des plis scellés
Certaines nuits
Déchirent des camisoles sans force
Certaines nuits
Ne se retiennent pas par politesse
Certaines nuits
N'obéissent pas au doigt et à l'œil

Certaines nuits
S'allongent sur des fourmis rouges
Certaines nuits
Cuisent des pizzas anarchistes
Certaines nuits
S'allument aux aurores enchantées
Certaines nuits
Se tressent de blé sauvage
Certaines nuits
Se sucrent d'orge
Certaines nuits
Se dédisent et se cassent
Certaines nuits
Chantent des poupées de son jetées
Au caniveau
Certaines nuits
Déchiffrent amnésiques
Pour le dormeur éveillé
Certaines nuits
S'éprouvent hors d'âge par coquetterie
Certaines nuits
N'en peuvent plus de pleurer
Des torrents de rimes
Certaines nuits
Jurent au poker menteur rien que la vérité
Certaines nuits
Errent perdues sans collier et heureuses
De l'être

Certaines nuits
En veulent à l'univers de ses expansions
Certaines nuits
S'aveuglent jalouses de se voir si belles
Certaines nuits
S'indiffèrent d'être mises à la porte
Certaines nuits
Avortent seules en silence patte-pelu
Certaines nuits
S'aiment au lamparo
Certaines nuits
Hurlent à la mort des Dieux
Certaines nuits
Demeurent sourdes au chant des pots
Certaines nuits
Montent en hypo pour galoper
Certaines nuits
Aimeraient engloutir toutes les nuits
Certaines nuits
Possèdent des corps légers
Certaines nuits
Perdent leurs âmes pour la jeter aux étoiles
Certaines nuits
Ne s'achèvent pas câlines à Saïgon
Certaines nuits
Vibreront de réminiscences amoureuses
Certaines nuits
Imposent des douceurs de calissons

Certaines nuits
Polissent de beaux galbes au creux
Des paumes
Certaines nuits
Sombrent dans l'ignorance des voyelles
Certaines nuits
Une ophtalmo cherche un clin d'œil dilaté
Certaines nuits
Bronzent-elles ensoleillées ?
Certaines nuits
Tanguent de douleurs chroniques
Certaines nuits
Sombrent dans l'ignorance
Certaines nuits
Espèrent leur dernier souffle
Certaines nuits
Crachent des quintes de rêves
Certaines nuits
Lavent plus blanc
Certaines nuits
Gazouillent des bruissements de feuilles
D'automne
Certaines nuits
Ne veulent plus rien dire sous la torture
Certaines nuits
En rient encore et encore et encore
Certaines nuits
Meurent muettes de peur

Certaines nuits
Idolâtres bouchées à deux planches
Certaines nuits
Savourent sourdes au son des corps
Certaines nuits
Raffolent des couleurs pourpres
Certaines nuits
Ne sifflent pas de mitant
Certaines nuits
Maud minaude en vingt-quatre secondes
Certaines nuits
Voguent des Lil aux trésors
Certaines nuits
Vapotent de peur de s'enrhumer
Certaines nuits
S'entropophagent de plaisir
Certaines nuits
Laquent de l'écume aux lèvres
Certaines nuits
S'aveuglent d'injustice sur des bois
Certaines nuits
Terrorisées d'amour prennent le maquis
Certaines nuits
Baisent des aurores de feu
Certaines nuits
Arborent des crépuscules de sang
Certaines nuits
Se brisent de larmes aux grandes marées

Certaines nuits
Se cymbalisent au soleil
Dans des nids d'oliviers
Certaines nuits
Dansent des OCT en volutes
Certaines nuits
Pondent des œdèmes sucrés
Certaines nuits
Se colorent au laser
Certaines nuits
Craignent des marées en hautes estimes
Certaines nuits
Caramélisent des pommes à cidre
Certaines nuits
Fument des tartes au maroilles
Certaines nuits
Exhalent des saveurs de sucettes à l'anis
Certaines nuits
Cachent des bouquets de lavande
Sous leur oreiller
Certaines nuits
Sombrent dans le pastis mille fleurs
Certaines nuits
Surnagent dans la bouillabaisse
Du vallon des Auffes
Certaines nuits
Sans plaquettes ne coagulent pas le hasard

Certaines nuits
Se tartinent à l'anchoïade
Certaines nuits
Se noircissent à la tapenade
Certaines nuits
Ignorent la marée en Méditerranée
Certaines nuits
Clignent des yeux de chatte
Écaille de tortue
Certaines nuits
Frôlent la douceur de la peau d'une île
Certaines nuits
Sertissent un grain de sable dans leur rose
Certaines nuits
Se déchirent en calanques blanches
Certaines nuits
S'évadent du château d'If dans un conte
Certaines nuits
Maquillées s'enlaidissent
Certaines nuits
Scellent des mains jointes sur l'autel
Du libre échange
Certaines nuits
Une ophtalmo scrute un regard œdipien
Certaines nuits
Oublient d'être couvertes de leur mantille
Certaines nuits
Griffent des riffs de Charlie Parker

Certaines nuits
Font un carton pour manger
Certaines nuits
Sucrent des dates au cou des fraises
Certaines nuits
Plantent une aiguille dans l'œil
Pour boire avec une paille
Certaines nuits
Broient du noir avant d'aller au charbon
Certaines nuits
Pilent des pigments en nuées de couleurs
Certaines nuits
Appellent miles Davis Anatole
Certaines nuits
S'embouchent sur des si
Certaines nuits
Feulent de sonorités diaphanes
Certaines nuits
Manquent de doigté
Certaines nuits
Sucrées s'aveuglent par amour
Certaines nuits
Hurlent au vent des prénoms de sœurs
Certaines nuits
Aboient dans le désert auprès des caravanes
Certaines nuits
Gravent des roses de sable

Certaines nuits
Se moulinent épicées
Certaines nuits
Se rafraîchissent de lassi
Certaines nuits
Sculptent de beaux galbes à tout hasard
Certaines nuits
Ignorent Théo et ses bas
Certaines nuits
Laides se dévisagent et rêvent d'être séduites
Certaines nuits
Se décalottent trois fois par jour
Certaines nuits
Affalent la voile sur une page blanche
Certaines nuits
S'étouffent de rire dans des alcôves
Certaines nuits
Rêvent de fractures du myocarde
Certaines nuits
Aiment la censure pour l'enjamber
Certaines nuits
Une lunette découvre une pleine lune
Certaines nuits
Achèvent Pasolini en château de sable
Certaines nuits
Dansent les poètes aux pieds de bouc
Certaines nuits
Modèrent des blanches et des noires enlacées

Certaines nuits
Coexistent hermaphrodites sans enfants
Certaines nuits
Se consacrent asexuées de prières
Certaines nuits
S'éprouvent impuissantes de molécules
Certaines nuits
Ne séduisent pas d'orgasme par plaisir
Certaines nuits
Achètent les mains pleines d'innocence
Certaines nuits
D'attente font salle comble
Certaines nuits
Fuient des Pomponettes lapant la liberté
Certaines nuits
Empaument des cuisses satinées
Sur des hanches
Certaines nuits
Porte une culotte dans un petit bateau
Certaines nuits
Capturent des souffles manqués
Certaines nuits
Forgent des bourrasques mistral gagnant
Certaines nuits
Dansent la tarentelle dans un voile de siroco
Certaines nuits
Gambadent insensibles à l'horreur

Certaines nuits
Dévalent bordées de platanes stroboscopiques
Certaines nuits
Poussent le bouchon à l'horizon
Certaines nuits
Romy compte des chapeaux énigmatiques
Certaines nuits
Extorquent des paris sur le passé
Certaines nuits
Jouent trente-six fois à la roulette russe
Certaines nuits
Fixent perdue leur étoile du Nord au Sud
D'Est en Ouest
Certaines nuits
Prennent leurs pieds sous médocs
Certaines nuits
Se drapent dans leur arc-en-ciel vertueux
Certaines nuits
Gambergent amnésiques pour écrire
Des histoires drôles
Certaines nuits
De mai se barricadent pavées
De bonnes intentions
Certaines nuits
Se signent au bas d'un palimpseste
Certaines nuits
Ruminent des hauts le cœur sans joie
Certaines nuits
En tremblent encore de colère

Certaines nuits
Barbelées s'enroulent dans la soie
Certaines nuits
Pétrissent des couleurs de terre et de fleurs
Certaines nuits
Gambadent sur le mont Chauve
Certaines nuits
Dansent des barcarolles enfantines
Certaines nuits
S'abouchent au métropolitain
Certaines nuits
S'éclairent au néon à tous les étages
Certaines nuits
Tremblent des paraboles inconnues
Aux courbes sinueuses
Certaines nuits
Tissent des draps de soi
Certaines nuits
S'inondent d'amours interdites à la baignade
Certaines nuits
Filent des écheveaux sauvages
Certaines nuits
Se savatent sur les fortifs pour un casque d'or
Certaines nuits
Habillent des yeux en marrons un nez
En carotte sur un sourire de grains de café
Certaines nuits
S'impatientent de la fonte des draps

Certaines nuits
Tissent un cheval ailé
Certaines nuits
Entrent la peste et le choléra
Certaines nuits
Jouent les nains de jardin avant de bouloter
Certaines nuits
S'argentisent de néons à Manchester
Certaines nuits
Des naans aidés de chapatis détrempent un Chutney
nimbé de pickle à Pondichéry
Certaines nuits
Soufflent des bougies torsadées de souvenirs
Certaines nuits
Enflamment des lampes à pétrole
Les soirs d'orage
Certaines nuits
Enragent des éclairs en zigzag
Sur l'iris de l'enfant
Certaines nuits
Se cueillent sur des quais de gare
Certaines nuits
Provoquent des rages dedans
Certaines nuits
Chevauchent en amazones désarmées
Certaines nuits
Gomment des souvenirs entre leurs dents
Certaines nuits
Se déguisent en tenue de soirée exigée

Certaines nuits
Ne récurent pas le monde pour cacher
La misère
Certaines nuits
Se moquent de l'hôpital qui fait la charité
Certaines nuits
Font la Manche pour un El Dorado
Certaines nuits
Naissent androgynes au gré des étoiles
Certaines nuits
Rient aux antipodes la tête en bas
Certaines nuits
Se détricotent patiemment sans espoir
Certaines nuits
S'essoufflent en missionnaire
Certaines nuits
Se riment en prose sans poses versatiles
Certaines nuits
Se jalousent l'innocence perdue
Certaines nuits
L'anémone de mer s'ouvre
À son poisson-clown
Certaines nuits
Une aria des bachianas brasilleiras de Villalobos
Certaines nuits
Trempées d'angoisse pressent
Un corps éponge
Certaines nuits
Glissent des anneaux sans rideau

Certaines nuits
Mijotent complètement givrées sur les bords
Certaines nuits
S'étirent vers la sieste améliorée
Certaines nuits
S'inquiètent du réveil programmé
Certaines nuits
Superstitieuses dégustent les treize desserts
Certaines nuits
Sonnent le glas d'une époque
Certaines nuits
Hissent le bourdon sur le pistil
Certaines nuits
Dévorent des mignardises gourmandes
Certaines nuits
Ne s'offrent pas de cadeaux empoisonnés
Certaines nuits
S'effeuillent en marguerite
Certaines nuits
Lancent des insultes en chapelet
Pour pénitence
Certaines nuits
Aux amours interdites à la circulation
Certaines nuits
Brisent du Baccarat sans éclat
Certaines nuits
Portent de longs couteaux
Certaines nuits
Polissent des aurores de paix dans la brume

Certaines nuits
Volent des colombes d'un trait de crayon
Certaines nuits
L'accent chantant se fredonne capitale
Certaines nuits
Ratifient des accords dissonants
Certaines nuits
Gardent leur bonnet de nuit
Certaines nuits
Se lisent en palindromes
Certaines nuits
Filent des amours particulières
Certaines nuits
Taguent de boréaux éphémères
Certaines nuits
Transcrivent des lettres à Rosette
Certaines nuits
Résolvent des inconnues à la taille fractale
Certaines nuits
Gravent des tombes au front de leur étoile
Certaines nuits
Ferment grand leur iris à l'approche
D'un trou noir
Certaines nuits
S'éborgnent à l'abordage
Certaines nuits
Se rafraîchissent sous une pluie d'étoiles
Certaines nuits
Croquent Claire au couchant

Certaines nuits
Se découvrent enceintes de monstres
Certaines nuits
Chevauchent des sabbats
Certaines nuits
Sautent des étincelles jusqu'à l'aurore
Certaines nuits
Portent des croix déssudées pour se perdre
Certaines nuits
S'effrangent en des toiles au couteau
Certaines nuits
Observent des étoiles défilées sur une voie
Certaines nuits
Trainent des casseroles astiquées
Certaines nuits
Griffent des sources polaires
Certaines nuits
S'effraient des monstres de Vénus
Certaines nuits
En reflets roux se rient du loup Garou
Certaines nuits
Plongent dans l'inconnue offerte
Certaines nuits
Récoltent des morceaux de faïence recollés
Certaines nuits
Dans la sauvagerie d'un accord
Certaines nuits
Broient des voies lactées pour talquer des Amours

Certaines nuits
Dévorent des poètes en kilo-octets
Par seconde
Certaines nuits
Se saoulent de voix lactées frémissantes
Certaines nuits
Biberonnent des punchs cocos
Sous la voûte céleste
Certaines nuits
En quintes étouffées
Certaines nuits
Les volutes d'une gitane dansent le flamenco
Certaines nuits
Se roulent du bleu pour un zouave
Certaines nuits
En gros pétard voient rouge
Certaines nuits
Jouent à tête-bêche leur amour
Certaines nuits
S'hantèrent pôles les fuseaux
Certaines nuits
Savourent des ingratitudes salutaires
Certaines nuits
Les chattes se grisent de rayons
Certaines nuits
Jouent les pudiques impatientes
Certaines nuits
Insomniaques tournent des pages cornées

Certaines nuits
Mouillent leur index aux vents interdits
Certaines nuits
Ignorent la rue du Chat-qui-Pêche
Certaines nuits
Portent un cache-nez de rimes
Certaines nuits
En noir et blanc sous les néons
De Manchester
Certaines nuits
Aiguillent des talons sur des voies de garage
Certaines nuits
S'affament d'exubérance
Certaines nuits
S'imaginent à moitié vides derrière
Une étiquette
Certaines nuits
Composent leur univers
Certaines nuits
Fantômes dans leur vaisseau
Certaines nuits
Fantasques dans leurs prises de veine
Certaines nuits
En nef des fous épousent le courant
Certaines nuits
Trouvent asile dans des reflets de Seine
Certaines nuits
Migrent en enfer dans une barque en godille

Certaines nuits
Fœtales ignorent leur position
Certaines nuits
S'époumonent dans le vide sidéral
Certaines nuits
En mercure dénudées
Certaines nuits
Acides dans leurs larmes
Certaines nuits
Se flairent le nez de rire
Certaines nuits
Cruciverbisent leurs amours
Certaines nuits
S'irritent de leurs ongles sous les draps
Certaines nuits
Colportent des non-dits de soie
Certaines nuits
Gravent des caractères en plomb
Certaines nuits
Braillent du bout des doigts
Certaines nuits
Calligraphient des silences polyglottes
Certaines nuits
Se roulent en boule de ouate
Certaines nuits
Se pincent le nez de finir embaumées
Certaines nuits
En tartare s'attendrissent dans la taïga

Certaines nuits
Des manades d'Arlésiennes galopent
Vers les étoiles
Certaines nuits
Volent des dictionnaires sans ordre
Alphabétique
Certaines nuits
S'enchantent de leur flûte à becs roucoulants
Certaines nuits
Sans ponctuation s'essoufflent
Certaines nuits
Crissent dans des virages lunaires
Certaines nuits
Se déplument en descendant un escalier
Certaines nuits
Jouent du blues sans tablature
Certaines nuits
Embouchent la trompette
De Miles Davis
Certaines nuits
Bird s'envole sur son saxo
Certaines nuits
Dictent un roman saoulées à l'eau de rose
Certaines nuits
Dans le cirage se font reluire
Certaines nuits
Cherchent leurs maux d'auteur
Certaines nuits
Gréco-romaines ne luttent plus avec le passé

Certaines nuits
D'insuline aspirent à l'insulaire
Certaines nuits
Baignent minuit au soleil
Certaines nuits
Marie se nappe de Pouilly-Fuissé
Certaines nuits
Déhanchent des clarinettes sur des soupes
À l'oignon
Certaines nuits
Sucent leur Pierrot lunaire au gout de caramel
Certaines nuits
Fardent des têtes de litotes
Certaines nuits
Ne procurent pas de bien à Bertrand de peur
Qu'il le leur rende
Certaines nuits
Regrettent d'habiter Antibes
Certaines nuits
Ci-gît se pare des plus beaux suaires
De chez Dior
Certaines nuits
Dansent toutes voiles dehors sanglées
Du grand pavois
Certaines nuits
S'imposent en quarantaine pour oublier
Certaines nuits
Voguent sur un radeau médusées

Certaines nuits
Se saoulent à la terpine guenon pour s'aérer
Certaines nuits
Des poissons-lunes rayonnent
Entre deux peaux
Certaines nuits
Le Caravage pétrifie la méduse en dreadlocks
Certaines nuits
De jeunes bergers dénudés à moustaches
Posent pour le Baron
Von Glauden en baie de Taormine
Certaines nuits
Mendès France retourne au jardin d'enfants
Boire un verre de lait
Certaines nuits
Se livrent folles du dessert des drag-queens
Certaines nuits
Empapaoutent un oncle
Certaines nuits
Tricotent sur des cadrans
Certaines nuits
Éveillent les tournesols aux torticolis
Certaines nuits
Agonisent illettrées dans des royaumes
Ouverts
Certaines nuits
Sillonnent des allers-retours en chariot
Certaines nuits
Chauves sourient

Certaines nuits
Anne tond un œuf anatomique
Certaines nuits
Poussent le bouchon dans une mousse étoilée
Certaines nuits
Coincent la bulle dans un hamac
Certaines nuits
Prennent des lanternes pour soulager
Leur vessie
Certaines nuits
Tressent du miel pour décoiffer les abeilles
Certaines nuits
Se faufilent sourdes aux ventres affamés
Certaines nuits
Sursautent avec frère Jacques
Certaines nuits
Cassent la croûte de la voute céleste
Certaines nuits
Tirent la couverture sur leurs frissons
Certaines nuits
Mâtinent avec leurs frères Pierre Paul
Certaines nuits
Feuilletonnent pour faire suer Eugène
Certaines nuits
Circée surveille le cochon d'Ulysse
Certaines nuits
Un nègre blanc gratte Alexandre Dumas
Certaines nuits
Se perdent en labyrinthe stellaire

Certaines nuits
Minaudent entre les bras du Minotaure
Certaines nuits
Picasso burine sainte victoire dans
Sa salle de bain
Certaines nuits
Œdipe offre un complexe à Jocaste
Pour y voir clair
Certaines nuits
Se pétrifient sur le reflet trouble des Narcisses
Certaines nuits
Hélène n'aime pas les andouillettes
Certaines nuits
Le Gange a des reflets cendrés
Certaines nuits
Le Phoenix passe au fil de l'eau paré de sang
Certaines nuits
Sauvent 1280 âmes d'une série noire
Certaines nuits
Un œil claustrophobe sort de sa tombe
Certaines nuits
Picasso trait sa chèvre
Certaines nuits
La tour Eiffel est une jarretelle
Certaines nuits
Adam n'a plus la côte
Certaines nuits
Dieu est un oxymore

Certaines nuits
Le Diable les enfourche
Certaines nuits
Cuisent à petit feu une daube provençale
Certaines nuits
Parfument de fragrances un alpha
Du centaure
Certaines nuits
Les dons de Dieu ne sont pas des cadeaux
Certaines nuits
Fantasmes dans leur rafiot sans capitaine
Certaines nuits
Entre chien et loup se glissent en meute
Certaines nuits
N'exhibent pas d'oreille sur le ventre
Certaines nuits
Songent l'été
Certaines nuits
Dieu passe sous des fourches caudines
Certaines nuits
Marchent sur la pointe des pieds
Certaines nuits
Naissent callipyges de plaisir
Certaines nuits
Galilée tourne autour des barreaux
Certaines nuits
Se meurent d'une sagesse sans couronne

Certaines nuits
Ne manquent pas d'air
Certaines nuits
S'habillent en bobos sans leur maman
Certaines nuits
Se trompent de réplique à l'improviste
Certaines nuits
Bêtes comme choux blanchis
Certaines nuits
À poings fermés d'humour
Certaines nuits
Expirent par manque d'inspiration
Certaines nuits
Nuageuses inspirent asthmatiques
Certaines nuits
Psychosomatiques se vivent hypocondriaques
Certaines nuits
Ève serpente quand Adam croque bio
Certaines nuits
Se mêlent leurs oignons dans leurs bottes
Certaines nuits
Augias cherche un homme de ménage
Certaines nuits
Aimeraient ne pas rimer avec diachronie
Certaines nuits
S'évanouissent sous les paumes
Certaines nuits
Pan court les roseaux

Certaines nuits
Se reproduisent distraitement
Certaines nuits
Lustrent des conserves de stalagmites
Certaines nuits
Se photocopient en couleur
Certaines nuits
Éphémères se fécondent d'un battement
D'elle
Certaines nuits
Consomment des conserves de vide
Certaines nuits
Composent un requiem rock and roll
Certaines nuits
Balzac décrit ses illusions perdues en frasques
Certaines nuits
Un cadran décompose le soleil
Certaines nuits
Se baignent de nuances rousses
Certaines nuits
Adoptent un loup
Certaines nuits
Sèment des paillettes dans des champs D'étoiles
Certaines nuits
Tricotent des secondes au crochet
Certaines nuits
Carlos Edmundo de Ory rêve d'isthmes
Certaines nuits
Un ourson roule en Dyane

Certaines nuits
Lily glisse un penny dans ses compteurs
Certaines nuits
Homéopathie pov Juliette
Certaines nuits
Sandrine patine dans d'obscures pupilles
Certaines nuits
Maud psychadélise en feux d'artifice
Certaines nuits
Salées s'encroûtent sur le vieux port
Certaines nuits
Savourent les siestes coquines
Certaines nuits
Un cardiologue danse sur de l'électro
Certaines nuits
Un endocrino se gave de loukoums
Certaines nuits
Ali est le sésame de quarante impatients
Certaines nuits
Mijotent des paquets de pieds
Certaines nuits
Fassbinder capture une année de treize lunes
Certaines nuits
Le poète étouffe sa muse
Certaines nuits
Portent des blouses blanches détachées
Dans le dos
Certaines nuits
Refusent de concentrer des camps en étoiles

Certaines nuits
Immobiles n'ourlent pas de sueur au front
Pour creuser leur tombe
Certaines nuits
Invitent un diabétique à la maison
Du chocolat
Certaines nuits
Se croupissent iech au scrabble sans dico
Certaines nuits
Se saoulent de sommeil du sage
Certaines nuits
Ali dilate des pupilles ivres de collyres
Certaines nuits
Causent pour ne pas fumer ni boire
Certaines nuits
Marmottent jusqu'au printemps des édelweiss
Certaines nuits
Nasillent en russe pour un Gogol
Certaines nuits
Baragouinent pour un quignon de pain
Un verre de vin
Certaines nuits
Marmonnent des édentés confus d'espoir
Certaines nuits
Jargonnent des professeurs imbus
De morale absconse
Certaines nuits
Chuchotent en chœur des oreilles indiscrètes

Certaines nuits
Zézayent des langues de chauves
Portant perruque
Certaines nuits
Vocifèrent à plus soif
Certaines nuits
Jase le merle moqueur
Certaines nuits
Des lèvres iconoclastes murmurent
Des promesses
Certaines nuits
Bafouillent des lettres timbrées
Certaines nuits
Balbutient des dépressions nerveuses
Certaines nuits
La lune rognonne derrière les nuages
Certaines nuits
Un crâne s'articule sur une pensée féroce
Certaines nuits
Des pas de l'oie cacardent comme des ânes
Certaines nuits
Un ténor s'égosille pour un opéra trop cuit
Certaines nuits
Reviennent bredouilles et sans soldes
Certaines nuits
Jactent de mâles en pis
Certaines nuits
Des sujets dissertent sur des objets animés

Certaines nuits
Expriment bavardent avouent dénoncent
Révèlent devisent conversent chuchotent
Discutent blaguent dialoguent causent disent
Communiquent discourent nomment
Apprennent mentionnent citent annoncent
Enregistrent éludent médisent calomnient
Louent un dico en manque de caractère
Certaines nuits
Taisent l'évidence par peur
De l'obscurantisme
Certaines nuits
Dégustent treize desserts avec des mages
Certaines nuits
Dominique séduit la belle dame poudrée
D'Estivaux
Certaines nuits
Prennent douze balles dans l'appeau
Certaines nuits
S'exposent lapidées par amour
De celui qui n'est pas vu
Certaines nuits
Se voilent sept fois pour le plaisir
Certaines nuits
Rêvent d'île sans il ou elle
Certaines nuits
Que la soupe sonne Alfred

Certaines nuits
Mixent des rêves en rap
Certaines nuits
La touffe de sa muse étouffe le poète
Certaines nuits
Se tissent une toile en nuit américaine
Certaines nuits
Se nimbent de bois d'ébène
Certaines nuits
Tête-bêche se musèlent
Certaines nuits
Expient des fautes originales
Certaines nuits
Rythment des négresses vertes sans boubou
Certaines nuits
Socrate s'enferme dans une grotte
Avec Manon
Certaines nuits
Marie Hélène surgit en vérité
D'une toile surréaliste
Certaines nuits
Tombent du haut de la
Tour Saint-Jacques
Certaines nuits
D'amour en partition de silences
Certaines nuits
Trinquent à l'inconscience des cyniques
Certaines nuits
S'expatrient par ivresse casanière

Certaines nuits
Engendrent des progénitures sourdes
Et aveugles pour leur bonheur
Certaines nuits
Un zouave était chocolat en hiver
Certaines nuits
Entonnent : « La Terre pine guenon »
Certaines nuits
Passé présent avenir bégaient à l'infini
Certaines nuits
Guillotinent une révolution artistique
Certaines nuits
Autistes écoutent les étoiles
Certaines nuits
S'amusent de la parole péremptoire
Dans les petites lucarnes
Certaines nuits
Tournent lune du soir au matin
Certaines nuits
Se tordent les boyaux de rire jaune
Certaines nuits
N'imaginent vendre ni acheter des paniers
D'amour et de haine
Certaines nuits
Cognent un ventre gonflé sans niche
Certaines nuits
Un Maltais navigue vers Corte
Certaines nuits
Les lapsus se révèlent en noir et blanc

Certaines nuits
Bipolaires s'aiment à l'équateur
Certaines nuits
Portent une pensée émue à la fille du pape
Qui n'avait qu'une fesse parce qu'on avait
Mangé l'autre par temps de famine au cours
D'un siège
Certaines nuits
Dépressives trafiquent de sales manies
Sans technique
Certaines nuits
Se nouent librement dans une camisole
Anémiée
Certaines nuits
Cognitives en gants de boxe
Certaines nuits
Décident de vouloir ce qui arrive
Et s'annihilent
Certaines nuits
S'asservissent à elle-même avec jouissance
Certaines nuits
Insensées se trompent avec bonheur
Et persistent dans leur délice
Certaines nuits
Préfèrent la richesse et son bonheur pour
Contribuer aux contritions
Certaines nuits
Refusent de vivre de respirer d'être heureuses
À cause de Marc et d'Aurèle

Certaines nuits
Se nappent d'imparfait pour chasser
Les babioles d'épithète
Certaines nuits
Avantageuses perdent tout respect hypocrite
Certaines nuits
Osent le difficile et se recouchent rassurées
Certaines nuits
Les maladies du corps se disent plus joyeuses
Que celles de l'âme à gauche
Certaines nuits
Se dévouent méprisées d'être libres
À toute heure
Certaines nuits
Ne trouvent plus la force ni le courage
De changer de couche
Certaines nuits
Cherchent un asile pour les manteaux
Décintrés
Certaines nuits
Fléchissent à force de réfléchir
Certaines nuits
Empilent plus de chance de mourir ici que là
Certaines nuits
Sur le sable en sculptures éphémères de tunes
Certaines nuits
Chevauchent une marée basse au repos
Sans écume

Certaines nuits
En simoun de sable sur les bosses des
Chameaux déblatèrent
Certaines nuits
Suent d'obéissance et se réfugient dans la
Fraîcheur des latrines de peur de se faire
Appeler Arthur
Certaines nuits
S'amusent à la bête à deux dos ré mi fa
Sol la si
Certaines nuits
Se promènent au Panier pour ordonner
La charité
Certaines nuits
Rament au vallon des Auffes en chantant :
« Ainsi fon fon fon… »
Certaines nuits
Lancent des bullshit pour le plaisir de les voir
Retomber en splashead
Certaines nuits
Veulent mais vivent-elles veules ?
Certaines nuits
Prennent un vent d'Est puis un vent d'Ouest
Et réciproquement
Certaines nuits
Ânonnent certains textes sacrément arriérés
Certaines nuits
Dansent un rock and roll sur des rythmes
Circadiens

Certaines nuits
Andromède tourne avide
Certaines nuits
Atteintes du syndrome de Sjoren rient de tout
Pour ne pleurer de rien
Certaines nuits
Les lapsus révèlent du vide
Certaines nuits
Ne désirent pas devenir ce qui n'est pas
Certaines nuits
Immatures se gondolent à Venise
Certaines nuits
Frisent l'écume aux lèvres après l'amour
Certaines nuits
Plombent des enfants soldats pour jouer
Certaines nuits
Entre terre et mer préfèrent le ciel
Certaines nuits
Des gitanes en volutes grésillent
Certaines nuits
Écoutent ce qu'on ne peut pas comprendre
Parce que si on le comprend c'est qu'il s'est
Mal exprimé (qui a dit cela ?)
Certaines nuits
Tripotent un éminent kangourou
Certaines nuits
Égyptiennes recollent des nez pratiquent le
Bouche-à-bouche pour sauver une civilisation

Certaines nuits
Se révèlent trop claires pour être devinées
Certaines nuits
Invitent des femmes savantes pour n'être pas
Ridicules
Certaines nuits
Provençales portent une cigale aux lèvres
Certaines nuits
Brassent une lame sans fond
Certaines nuits
N'écoutent plus leur corps devenu
Trop bavard
Certaines nuits
Allument une bougie pour s'en mettre plein
La lampe
Certaines nuits
Portent des foufounes confortables angoras
Certaines nuits
D'été chaussent leurs gougounes
Certaines nuits
Allantes dessinent des trous dans l'eau
Certaines nuits
En un éclair se précipitent dans un trou
D'amour
Certaines nuits
Un fier si courbe se cambre
Certaines nuits
James n'est pas joice

Certaines nuits
S'épilent le ravioli fait maison
Certaines nuits
Endorment l'Everest avec le Bardo Thödol
Certaines nuits
Récitent au sphinx le livre pour sortir au jour
Certaines nuits
Patientent pour une urgence
Certaines nuits
Ressassent un palindrome élu
Par cette crapule
Certaines nuits
Institutionnalisation est le mot préféré
De Georges Perec
Certaines nuits
Ne riment pas avec simple
Certaines nuits
Un oiseau aimerait être épelé
Certaines nuits
S'aiment analphabètes
Certaines nuits
Ne peuvent baisser la garde de peur
Que la forêt avance
Certaines nuits
Refusent de dire qu'il fait froid pour n'avoir
Encore plus froid
Certaines nuits
Préfèrent concasser leur César par amour
Du fils

Certaines nuits
Un phare d'Ouessant virevolte sur un ciboire
Certaines nuits
Immortelles s'enivrent d'élixir
Au goutte-à-goutte
Certaines nuits
Supportent des démons à queue fourchue
Passé minuit
Certaines nuits
Regrettent d'avoir raté la correspondance
Pour une destination inconnue
Certaines nuits
S'exercent à la morale par manque de pot
Aux roses
Certaines nuits
Sans cervelle jouent au puzzle
Avec leurs neurones
Certaines nuits
Des métastases macabres dansent joyeuses
En suaire de Poiret
Certaines nuits
Le catoblépas porte une minerve
Certaines nuits
Expriment leur sororité en jouant Lysistrata
Devant des aveugles
Certaines nuits
L'argent s'écoule d'un panier percé pour
Rouler dans les trente-six trous du caniveau

Certaines nuits
Zeus se prend pour un producteur animé des
Seins
Certaines nuits
Maladroites laissent tomber la neige les filles
Se cassent la voix
Certaines nuits
Refusent de bronzer au clair de lune
De Maubeuge
Certaines nuits
Solitaires se voudraient anachorète grillé
Certaines nuits
Siamoises divorcent par jalousie
Certaines nuits
La langue française se goutte à l'air louche
Certaines nuits
D'une grossière privauté relèvent
Des moustaches
Certaines nuits
Observent une petite lucarne où la démocratie
S'encrasse
Certaines nuits
Un cap s'encanaille dans des reflets d'argent
Certaines nuits
D'ivresse rasent des copeaux le matin
Certaines nuits
Passent sous les fourches Claudine

Certaines nuits
Une libellule viole son mâle en vol
Dans l'immobilité
Certaines nuits
La messe est dite pour un mante religieux
Certaines nuits
La temporalité d'une appli fait chocolat
Certaines nuits
Se méfient de leur ventre qui engendre
Des quiproquos
Certaines nuits
Aiment leur corps pour un autre
Certaines nuits
D'aphantasie de jour de couleurs de musique
De parfum de peau de silence
Certaines nuits
Virevoltent heureuses de leur prosopagnosie
Certaines nuits
Se souviennent coloniales du sourire
Au Bouddha
Certaines nuits
Rejouent en noir et blanc un tournoi
Des cinq nations : - allez les petits !!!!
Certaines nuits
De coups de manche à balai coupé
En deux d'amour
Certaines nuits
Vécues dans le bonheur se nappent de naïveté

Certaines nuits
Aimeraient venir comme elles veulent
Pour un vieux mac
Certaines nuits
Enfantent dans la haine du passé
Certaines nuits
La mer reflète ses reflets immuables
Certaines nuits
Cendrillon a un pneu crevé par un pépin
De vair
Certaines nuits
S'observent à des milliards de photons
Puissance extensible
Certaines nuits
Complotent religieusement pour Théo athée
Certaines nuits
Se moquent d'une ponctuation
Avec un Point-virgule
Certaines nuits
Daumier bavarde gravement sans effet
De manche
Certaines nuits
Le silence est un pixel d'argent
Certaines nuits
Les valseuses dansent la java
Sur un air de jazz
Certaines nuits
Des boules roulent au fond du cor

Certaines nuits
Une misstigrise chante sur un toit brûlant
Certaines nuits
S'offrent une seconde de solitude
Certaines nuits
Le diamant noir manque d'oxygène
Certaines nuits
Imaginent un avenir amputé
Certaines nuits
Une idole déjeune
Certaines nuits
Une ariette s'écoute distraite
Certaines nuits
Essentielles se parfument
Dans un bain d'huiles
Certaines nuits
Handicapées luttent en aveugles
Certaines nuits
S'agrippent à une persistance rétinienne
Certaines nuits
Ne pensent qu'à s'engendrer
Dans une suavité éternelle
Certaines nuits
Filent des sarments de vigne aux doigts agiles
Certaines nuits
Se penchent sur le berceau d'un étonné
Certaines nuits
Prétendent même oublier l'oubli

Certaines nuits
Carol chante du Rilke aux étoiles
Certaines nuits
Chaudes sur la terrasse Paul complote
Une révolution copernicienne
Certaines nuits
Un crabe sodomise en traître
Certaines nuits
Se cousent dans la douleur pour le plaisir
D'un autre
Certaines nuits
Adrien apprend l'anglais pour démonter
Son mur en Lego
Certaines nuits
S'en badigeonnent le nombril
D'un noir chocolat
Certaines nuits
S'amendent et se grillent
Certaines nuits
Quic-qu'en-groigne
Certaines nuits
Déchirent des calanques en fractales
Certaines nuits
Tordent et courbent Cézanne en pins parasols
Certaines nuits
Déforment la jeunesse sous des tournesols
Certaines nuits
Se couchent sur le trottoir en couvertures
De carton

Certaines nuits
Pépette hurle d'ennui
Certaines nuits
Farcissent des pintades de foie gras
Certaines nuits
Une Anae fleurit au levant du soleil
Certaines nuits
Un lapin échange sa carotte contre un oignon
Certaines nuits
À Berlin le mur se découpe à la faucille
Et au marteau
Certaines nuits
Les malheurs ignorent Sophie qui s'en moque
Certaines nuits
Les enfants ne font pas de cadeaux
Certaines nuits
L'archange Gabriel fait les petites annonces
Certaines nuits
Klimt colle des ors aux peaux
Certaines nuits
S'étire l'arigot
Certaines nuits
Le chef hait les surprises
Certaines nuits
Aiment à mourir un profil sépia
Certaines nuits
Se remémorent la p'tite soupe la p'tite pipe
Et au lit

Certaines nuits
Philosophent sans leur poule
Certaines nuits
Résolvent des fonctions classées X
Certaines nuits
La mélodie se moque du bonheur
Certaines nuits
Bonne-maman vomit ses confitures
Certaines nuits
Un bébé avale sa seconde maman
Certaines nuits
Chantent le noël neos hélios
Certaines nuits
Viennent avec plaisir par peur de la solitude
Certaines nuits
Embaument le cœur avec une plume
Certaines nuits
Le père Noël n'aime ni les rennes ni les
Enfants et n'est pas totalement méchant
Certaines nuits
Trinquouillent pour l'apéro yeux
Dans les yeux
Certaines nuits
Perdent leurs repères dans leur repaire
Certaines nuits
Crèchent à la belle étoile chauffées
D'une climatisation herbivore

Certaines nuits
Aurélien fait des gammes over avec des
Blanches et des noires
Certaines nuits
Se mettent en scène avec cruauté
Certaines nuits
Tirent le rideau final
Certaines nuits
Le brigadier frappe les trois coups de pilon
Pour l'aïoli
Certaines nuits
Cherchent cent balles à offrir à Charon
Et rejouent la manche
Certaines nuits
Les météorites sèment des pensées
À tout vent
Certaines nuits
Sous ses lauriers la Provence
À bon thym
Certaines nuits
Bras levés s'excitent sur
Des tire-bouchons
Certaines nuits
Moog assomme des mamies et des papys
À coups de blagues belges
Certaines nuits
Des natures abstraites prennent
Des formes à quatre mois

Certaines nuits
Un soutif s'ennuie des siens
Certaines nuits
Un endocrino glandouille
Certaines nuits
Un diabétologue dialogue
Avec des loukoums
Certaines nuits
Maud rêve de bouquets d'iris
Certaines nuits
Dilatent leurs pupilles par amour
Certaines nuits
Tanguent ivres dans un bateau tiré
Par des râleurs
Certaines nuits
La phénoménologie engendre des monstres
Certaines nuits
Les rats sourient et empestent en quittant
Le navire
Certaines nuits
Des soupers manquent de pain
Certaines nuits
Des stéthoscopes embouchent
Des chambres à air
Certaines nuits
La pornographie est une fonction où X est une
Inconnue quel que soit le genre

Certaines nuits
Les treize desserts se dégustent un vendredi
Certaines nuits
Trois sorcières épient la forêt qui avance
Certaines nuits
D'amour le hideux est beau
Certaines nuits
Inspirent la haine du petit jour
Certaines nuits
Essorent des corps liquéfiés
Certaines nuits
En linguistique jouent avec le point g
Certaines nuits
La madone du sleeping se réveille à Venise
Certaines nuits
Une sentinelle tartare crie dans le désert
Certaines nuits
Une ligne blanche se peint en jaune
Certaines nuits
Une langue pariétale s'agite dans deux grottes
Certaines nuits
L'univers s'amuse de sa gravité
Certaines nuits
Roulent leurs balais sur des batteries
De cuisine
Certaines nuits
Ingres joue du violon au bain
Certaines nuits
Le harem de Sardanapale est verni

Certaines nuits
Des houris s'impatientent
Certaines nuits
Les cartent jouent aux cowboys menteurs
Certaines nuits
Un cassoulet emporte le vent d'Autan
Certaines nuits
Comptent les étoiles sur leurs doigts
Certaines nuits
Un fils entend : - Alors, tu viens voir mourir
ton vieux père ?
Certaines nuits
Préparent les soldes pour tout compte
Certaines nuits
Crèvent des oreillers déplumés
Certaines nuits
Chantent au front le boudin de leur enfance
Certaines nuits
Dérivent entre des bras glacés
Certaines nuits
Peuvent en cacher une autre par inattention
Certaines nuits
Stridulent polyphoniques à capella
Certaines nuits
Pondent chou blanc accroché au bec
D'une cigogne
Certaines nuits
Des personnages s'évadent dans la marge

Certaines nuits
Un romancier ponctue au marteau piqueur
Certaines nuits
Jean sonde les écritures de l'étoile du matin
Certaines nuits
Prométhée éclaire le monde
Certaines nuits
Une bête se tatoue six-cent-soixante-six fois
Certaines nuits
Scellent sept sceaux au bas d'un parchemin
Certaines nuits
Élucubrent des parties prises d'angoisse
Certaines nuits
S'indignent à la mode de chez nous
De l'homme à la tête de chou
Certaines nuits
Des fiancés astiquent le ménage dans
L'attente d'une révolution
Certaines nuits
Colonisent des continents civilisés
Certaines nuits
La guerre se désespère de n'être pas crevée
Certaines nuits
La mine de plomb gomme l'histoire et ses
Détails
Certaines nuits
Cherchent Bébert au bout du voyage

Certaines nuits
Traversent l'Europe en wagons à bestiaux
Surpeuplés
Certaines nuits
S'effondrent quand brouillard se lève
Au petit jour
Certaines nuits
Bercent le dormeur du val
Certaines nuits
Enivrent des haleurs tirés
Par des Peaux-Rouges
Certaines nuits
La vérité se maquille d'erreurs
Certaines nuits
Inclinent des foulards noirs
Sur des crânes plantés
Certaines nuits
S'émerveillent de pensées sauvages
Certaines nuits
La bête du Gévaudan guette Œdipe
Certaines nuits
Une mouette danse avec un rat
Sur le quai d'un vieux port
Certaines nuits
Sifflent une faim de partie
Certaines nuits
Être asservi à soi-même est la grande
Jouissance de liberté

Certaines nuits
Avec une paille aspirent un souvenir
Certaines nuits
Ne veulent pas faire la sieste
Au creux d'une botte de foin
Certaines nuits
Un aumônier militaire bénit le méchoui
Certaines nuits
Des zones humides sèchent
Sur des problèmes de crapauds
Certaines nuits
S'endorment pieds et bras croisés
Par manque de place
Certaines nuits
Retournent à la maternelle chercher un sein
Certaines nuits
Les rats soutiennent les éboueurs en grève
Certaines nuits
Des phantasmes déshabillent le réel
Certaines nuits
Dorment nues sans numéro derrière
Les oreilles
Certaines nuits
La vache qui rit pleure devant ses miroirs
Certaines nuits
Des fourmis aspirent au télétravail
Certaines nuits
Jésus monte un kit avec un cruciforme

Certaines nuits
Des enfants se téléportent
Certaines nuits
Saint-Luc aimerait causer verlan
Certaines nuits
Apprécient les réveils nos thunes
Certaines nuits
Migrent de désespoir et se parquent
Dans les Cévennes
Certaines nuits
Le poète porte des semelles de vent
Et se meurt face au vieux port
Certaines nuits
S'enrhument de bonheur
Certaines nuits
Insulaires devinent d'où elles viennent
Qui elles sont où elles vont
Certaines nuits
Roulent des joints pour les fuites de cerveau
Certaines nuits
Crépitent feu de tout bois en été
Certaines nuits
Traînent incertaines et titubent
Certaines nuits
Se tamponnent timbrées de s'envoler si loin
Certaines nuits
Reçoivent des cachets sans l'être

Certaines nuits
Les secondes s'égrènent au clair de lune
Certaines nuits
Les roses ne respectent pas la parité
Certaines nuits
Se mirent dans le marc de café
Certaines nuits
La Pythie vient en mangeant
Certaines nuits
Sans l'une s'enfuit sombrement
Certaines nuits
Surveillent des miradors aveugles
Certaines nuits
Recollent des cheveux à quatre
Certaines nuits
Lisent des impatiences
Certaines nuits
S'échauffent au soleil
Certaines nuits
Vieillissent à l'ombre des jeunes filles
Certaines nuits
Nappent de pétrole irisé le Gulf Stream
Certaines nuits
Se suicident en silence par manque de blé
Certaines nuits
Débarrassent le plancher
Pour le square dance
Certaines nuits
Offrent des cadeaux aux anges

Certaines nuits
À trois temps valsent avec
La Révolution
Certaines nuits
Chassent des amours à l'arc
Certaines nuits
En armures tournoient des écharpes
Certaines nuits
À décrocher la lune baillent d'ennui
Certaines nuits
S'inventent une vie en couleur à travers
Une lentille
Certaines nuits
Étouffent leur flamme sous la cendre
Certaines nuits
Embrassent des fantômes déchaînés
Certaines nuits
Chassent en meute chez le comte
Certaines nuits
Ne passent pas l'année sur leur trente-et-un
Certaines nuits
Soufflent des langues de belles-mères
Certaines nuits
Un pompier séduit un chevalier
Certaines nuits
Des rêveurs casqués fuient des cauchemars
Certaines nuits
Râpent des langues inconnues

Certaines nuits
Papa travaille sans voir maman
Certaines nuits
Écoutent des chansons sans rime ni raison
Certaines nuits
S'exercent au psittacisme par flemme
Certaines nuits
Se décalquent animées en vingt-quatre
Images par seconde
Certaines nuits
S'écrivent des vers de naufragé
Solitaire embouteillé
Certaines nuits
Se chantent au canon
Certaines nuits
Les doudous se sucent à poing fermé
Certaines nuits
S'imposent la diète pour partir en colo
Certaines nuits
Soupent de crises de goutte et mettent
Les pouces
Certaines nuits
Les kalachnikov cousent des calots mités
Certaines nuits
Des têtes se prennent sur du vide
Certaines nuits
Tapent à l'œil pour éborgner un naïf

Certaines nuits
Discutent des heures pour une seconde
Certaines nuits
Comptent pour des nèfles devant un verre de Ratafia
Certaines nuits
Carmen ourle une muleta
Certaines nuits
Se réveillent dans les vignes du seigneur
Certaines nuits
Cueillent des lendemains lubriques
Une fois chassées du paradis
Certaines nuits
Sévères la vodka joue aux échecs
Certaines nuits
Libèrent aussitôt fait l'ocytocine
Certaines nuits
Portent des barbes à papa et se sucrent
Certaines nuits
Insomniaques entretiennent la conversation
Par ennui
Certaines nuits
Pierrette appelle le loup
Certaines nuits
Une lampe tempête sous la pluie
Certaines nuits
Des apocalypses annoncent un cavalier
Qui saigne à la pointe de l'épée

Certaines nuits
Tombent à pique pour madame de Lamballe
Certaines nuits
Maldamour s'éborgne pour un signe de piste
Certaines nuits
Une jambe de bois cherche un cautère
Certaines nuits
Le cerveau fluidifie des éponges
Certaines nuits
Des têtes rebondissent sur des oreillers de son
Certaines nuits
Des révolutions font la roue
Certaines nuits
Glissent des pages de marque
Certaines nuits
Ne se retiennent pas d'être futiles
Certaines nuits
La pénitence ferme ses portes
Certaines nuits
Gagnent des paradis d'enfer
Certaines nuits
Les romans prennent des photos
Certaines nuits
Quand les dieux veulent vous punir
Ils exhaussent vos désirs
Certaines nuits
Devraient inventer l'écriture anamorphique
Certaines nuits
Répliquent sourdes aux muets

Certaines nuits
Sonnent matines en faux frère
Certaines nuits
Transmuent le téléphone
Certaines nuits
Se saoulent de pixels
Certaines nuits
Impudiques dansent avec des fantômes
Certaines nuits
Se démasquent à Venise
Certaines nuits
Adipeuses puent la peur
Certaines nuits
Empapaoutent des oumpapas en cartoon
Certaines nuits
Ne peuvent pas se sentir au vieux Lille
Certaines nuits
Papillonnent avec Cécile
Certaines nuits
Causent ventriloques pour les consciences
Certaines nuits
Écoutent des échos de stress
Certaines nuits
Louise et Michel brandissent un drapeau noir
Certaines nuits
Délogent des âmes vagabondes
Certaines nuits
Appréhendent de mettre au jour

Certaines nuits
S'hypertrophient du cœur
Certaines nuits
S'endorment un abricot contre les lèvres
Certaines nuits
Des nuages se dévorent
Certaines nuits
Se délivrent du mâle sans se faire prier
Certaines nuits
Noient leur chagrin dans l'eau du bain
Certaines nuits
Maud joue sur des chemins de traverse
Certaines nuits
Se réveillent polyandres
Certaines nuits
Philippe fait le guet en Italie
Certaines nuits
Un ballon ovale a le cul entre deux poteaux
Certaines nuits
Médée exige un préservatif
Certaines nuits
Cronos est à la diète
Certaines nuits
Les Atrides adorent l'esprit de famille
Certaines nuits
Pilent des saveurs de tapenade
Certaines nuits
Mettent le paquet pour prendre leur pied

Certaines nuits
D'anis badigeonnent cinquante-six fleurs
Sur les papilles
Certaines nuits
Porte l'arme à l'œil
Certaines nuits
Sautent costumées en fraise Tagada
Certaines nuits
Nostalgiques soupirent
Quel beau métier professeur
Certaines nuits
Se sniffent une ligne de cendres paternelles
Certaines nuits
Le shibari hait l'équilibre
Certaines nuits
De faiblesse en jouissent
Certaines nuits
La folie habite un saltimbanque
Certaines nuits
Une pulsion appelle au répulsif
Et se refoule ou pas
Certaines nuits
Des chatons apprennent à nager
Dans une bassinoire
Certaines nuits
Souhaitent que l'oracle inspiré par Apollon
Se révèle vrai
Certaines nuits
Clignent de l'œil au compère-loriot

Certaines nuits
Ne lisent pas tout hélas sur la chair triste
Certaines nuits
Se régalent de la bouillabaisse du pauvre
Certaines nuits
Dieu est schizophrène sans neuroleptiques
Certaines nuits
Achille porte de hauts talons
Certaines nuits
Courent à confesse pour le plaisir
Des pénitences
Certaines nuits
Une drag-queen prend la mer
Certaines nuits
La porte Saint-Martin réchauffe
La porte Saint-Denis
Certaines nuits
Les chats lapent leur rue
Certaines nuits
Un génie est embastillé pour une dragée
Au poivre
Certaines nuits
Sade hurle à la révolution dans un tuyau
De gouttière
Certaines nuits
L'akrasia frappe les amants épuisés
Dans leur décor
Certaines nuits
Portent des polaires strictement hétéros

Certaines nuits
Ouvrent la mer en DeMille commandements
Certaines nuits
Se louchent amoureuses aux pattes
De Dame nature
Certaines nuits
Taillent des buissons ardents impatients
Certaines nuits
Sautent la Grande Ourse à la casserole
Certaines nuits
D'été songent
Certaines nuits
Tirent les cartes du ciel
Certaines nuits
Portent des habits de lumière
Certaines nuits
Se carlouchisent avec des tresses
Certaines nuits
Se lovent dans l'art culinaire
Certaines nuits
Jouent d'une palette d'enfer
Certaines nuits
Se noient de liqueurs secrètes
Certaines nuits
D'orage s'éclairent chocolat blanc
Certaines nuits
Ne peuvent fixer le soleil noir
Certaines nuits
La quiétude n'a pas les boules

Certaines nuits
Se piquent le vitré par manque d'acuité
Certaines nuits
Se distraient dans un bain
Avec le nez de Pinocchio
Certaines nuits
Jugent que ce n'est pas le pull qui a rétréci
Certaines nuits
Coquettes se spumatisent en Joconde hébétée
Certaines nuits
Enfilent des perles et d'autres des pantoufles
Certaines nuits
Se poudrent au curry Madras
Certaines nuits
Une clarinette pleure sur des oignons
Certaines nuits
Ont beau dire beau faire
Certaines nuits
Tissent des liens sans message
Certaines nuits
Se portent indéfiniment courtes
Certaines nuits
S'électrocutent pour être belles
Certaines nuits
Un oranger fredonne en balade irlandaise
Certaines nuits
Détestent des mâtins sans lendemain
Certaines nuits
Un cave a de la veine

Certaines nuits
Voyagent en constellation
Certaines nuits
Cupidon gémit sous la lune rousse
Certaines nuits
Gravent des prophéties dans la pierre de lune
Certaines nuits
Enchantent des flûtes pour chasser une reine
Certaines nuits
Rebecca se reflète en fantôme d'écume
Certaines nuits
Versent des larmes de plomb animé
Certaines nuits
Jung gomme ses rêves avec de la mie de pain
Certaines nuits
Rêvent d'un fouet à débattre des œufs blancs
Certaines nuits
S'agacent de prendre leur pied à deux mains
Certaines nuits
Shiva a des amants plein les bras
Certaines nuits
Le furet est épuisé de courir après l'amour
Certaines nuits
Jouent leur vie à qui gagne perd
Certaines nuits
Préfèrent l'Enfer des autres
Au Paradis solitaire
Certaines nuits
Martèlent des battements d'atropine

Certaines nuits
Les professeurs abscons décollent des cours
Certaines nuits
Moix cherche de bons maux
Certaines nuits
Embobinent la bête avec l'ange
Certaines nuits
Vivent des jours tranquilles à Clichy
Certaines nuits
Portent des bleus de lune
Certaines nuits
Dans des cocons de soie tissent
Des poupées de cire
Certaines nuits
Nettoient l'oreille absolue pour une rencontre
Certaines nuits
Grignotent des navettes à l'orange
Sur le ferry-boat
Certaines nuits
Se piquent au botox pour leur beau temps
Certaines nuits
La porte Saint-Denis s'écrie Montjoie !
Aux filles
Certaines nuits
Cuisent des crêpes au chouchen
Pour la pilée menue
Certaines nuits
Madame de Crayencourt aime le blues

Certaines nuits
Rendent les âmes envolées
Certaines nuits
Trébuchent sur le chemin de Damas
Certaines nuits
Dégustent des pets de nonnes innocentes
Certaines nuits
Comme toi
Certaines nuits
Naviguent sur la mémoire de la mer
Certaines nuits
Sur les crânes réfractaires flotte une marmite
Certaines nuits
Boivent un médoc pour soigner
Leur gueule de bois
Certaines nuits
Épaulent les âmes à l'œil en grain-d'orge
Certaines nuits
Cigales et grillons dansent aux bras
De lavande et d'olivier
Certaines nuits
Le Vieux-Port embarque une jeunette
Certaines nuits
La bonne mère nage vers le château d'if
Par amour pour l'abbé Forcia
Certaines nuits
Le soleil se lève au son du canon des colonies
Certaines nuits
Le numéro six n'est pas un numéro

Certaines nuits
Fanny se moque des pieds tanqués
Certaines nuits
Offrent des diamants à Lucie
Certaines nuits
Portent des rondelles de caoutchouc
Sous leur jambe de bois
Certaines nuits
Haïssent les possédés de bonnes intentions
Certaines nuits
La bienveillance des plus forts étouffe
Les plus faibles
Certaines nuits
Bourdonnent pour une guêpière
Certaines nuits
Anonymes se cherchent une identité
Certaines nuits
Écoutent les pleureuses se réjouir
Certaines nuits
Se dissolvent dans le pastaga
Certaines nuits
N'attendent pas sur le bord de l'oued
De voir passer leur ami
Certaines nuits
Vivent des phobies universelles
Certaines nuits
Trinquent à Manon
Certaines nuits
Tirent une flemme en hiver avec un singe

Certaines nuits
Se foutent du monde entier dans une coupe
Certaines nuits
Se relâchent les tuyaux au musée
D'un beau bourg le mardi
Certaines nuits
Jouent avec des puces et des souris
Sans les hommes
Certaines nuits
Pensent que naître est une brève parenthèse
Certaines nuits
S'ébattent dans le capharnaüm d'un poète
Certaines nuits
Simiesques fuient la peau lisse au derrière
Certaines nuits
Aimeraient tout recommencer à l'envers
Certaines nuits
Fument des P4 pour se réformer
Certaines nuits
Se déshabillent en blanc pour mimer
Le monde
Certaines nuits
Rêvent de faire des cauchemars
Pour se réveiller en sursaut
Certaines nuits
Jouent au poker pour le plaisir de mentir
Certaines nuits
S'éclipsent lâches jusqu'au lever du jour
Sur la crête

Certaines nuits
Explosent en bouquets d'artifices maculaires
Certaines nuits
Folles d'amour refusent de panser
Certaines nuits
Futiles veulent des remords
Certaines nuits
Sur un coup de tête se cabossent
Certaines nuits
Boivent du citraflotte pour voguer plus vite
Certaines nuits
La passion est une course de côte
Avec un point de côté
Certaines nuits
Refusent que les femmes pleurent
Sur la folie des hommes
Certaines nuits
Roulent avec leurs pierres dans un sac
En mousse
Certaines nuits
Poudrent la chère de poule
Certaines nuits
Le père Noël lâche des bombes
Dans les sabots au pied des cheminées
Certaines nuits
Écoutent un chanteur sous les huées
Certaines nuits
Ne parlent pas d'amour aux sourds
Qui jouent des doigts

Certaines nuits
Madame se passerait bien d'être servie
Certaines nuits
Affamées n'ont pas d'oreilles
Mais les voisins si
Certaines nuits
Inspirent des étoiles filantes
Certaines nuits
Tournent la manivelle d'une vieille boite
À musique à deux tons
Certaines nuits
Caïn rêve d'un cyclope
Certaines nuits
Reposent les boules de ne rien entendre
Certaines nuits
Comptent douze deniers pas chair donnés
Certaines nuits
S'affichent en mal de miracle
Gare Saint-Lazare
Certaines nuits
La lutte des classes est toujours gagnée
Par les mêmes
Certaines nuits
Éclairent des arbres enlacés sous la neige
Certaines nuits
Soufflent en gousse une haleine provençale
Certaines nuits
Un mimosa succombe au vent mauvais

Certaines nuits
Ivres d'amour descendent des fleuves
Impassibles
Certaines nuits
Le lapin d'hercule arrache un poireau
Certaines nuits
Agatha met une croix sur son stylo
Certaines nuits
Habitent chez leur chatte comme personnel
Demeuré
Certaines nuits
En Irlande Ulysse n'est pas jouasse
Certaines nuits
Repeignent la girafe par manque de temps
Certaines nuits
Lily rêve en français des six femmes
D'Henri huit
Certaines nuits
Des méduses suivent des radeaux aveugles
En méditerranée
Certaines nuits
Des feux grégeois enflamment des âmes
Enfantines
Certaines nuits
Des lits en flagrant délire ne sont pas délit
Certaines nuits
De beaux des corps égaient
Certaines nuits
N'exhibent plus qu'une dent contre le palais

Certaines nuits
Dédalusman s'envole
Certaines nuits
Icare se perd dans les rayons de l'une
Certaines nuits
Acides se bricolent une silhouette défoncée
Certaines nuits
Un crâne déclame du Shakespeare
Dans le néant
Certaines nuits
Dessinent une moue ironique de dépit
Certaines nuits
Des poilus rêvent d'être imberbes
Rasés du marbre
Certaines nuits
Les chauves-souris dansent aux bras
De chats sans perruques
Certaines nuits
Grattent des truffes certains jours noirs
D'un temps de chien
Certaines nuits
Embaument la Thiérache d'une tarte
Au maroilles
Certaines nuits
Débordent d'urgences de gens pressés
Certaines nuits
Se tiennent hors de la vue et de la portée
Des enfants

Certaines nuits
Regardent les feuilles tomber sous les pas
Des minots
Certaines nuits
S'anesthésient pour partir en colo
Certaines nuits
Remontent leur pantalon pour cacher
Le moteur
Certaines nuits
Ont le foie qui prend l'air diabébête
Certaines nuits
Dévorent de bonnes poires
Et en tombent dans les paumes
Certaines nuits
Immigrées abordent incontinentes
Certaines nuits
Orphelines adoptent une attitude
Certaines nuits
Ont la pépie après la rosée du soir
Certaines nuits
Crachent des pollutions nocturnes par écrit
Certaines nuits
Piquent une anesthésie sur le concept
Certaines nuits
Les douze salopards visent
Des signes aux étoiles
Certaines nuits
La cosmogonie chasse le crabe

Certaines nuits
Des éclairs remontent la fermeture
Certaines nuits
Perdent leurs poils d'hiver en ronronnant
Certaines nuits
Des enfants scrutent le ciel
Pour faire la bombe
Certaines nuits
Deus irae joue à Janus
Certaines nuits
Des hommes de couleur blanchissent
Sous le harnais
Certaines nuits
Les braseros du métro grillent des châtaignes
Sur des rames
Certaines nuits
Les fantômes du jardin des tuileries
Jouent aux guignols
Certaines nuits
Debout se réveillent couchées
Certaines nuits
Des libertaires rêvent d'un âge d'or
Dans une goutte
Certaines nuits
Les étoiles s'exposent multicolores
Pour les aveugles
Certaines nuits
Désœuvrées engrossent une prime braguette

Certaines nuits
Blanche neige s'offre un cinq à sept
Certaines nuits
La musophobie choisit un rouge à lèvres
Certaines nuits
Les enfants du Pirée chantent leur vieillesse
À Marseille
Certaines nuits
Le moucharabieh rafraîchit sept piliers
Certaines nuits
Albert est basque mais n'aime pas
Cette blague
Certaines nuits
Une chattelapine broute des fanes
Certaines nuits
Remontent les bretelles d'un grand-père
En goguette
Certaines nuits
Rêvent en culottes courtes de bateau taillé
Dans l'écorce d'un pin
Certaines nuits
Comateuses refusent d'être éveillées
Certaines nuits
Portent un cathéter pour doubler les TGV
Certaines nuits
Des algues dansent aux chevilles d'Ophélia

Certaines nuits
Chantent : - le pinard, c'est de la vinasse
Pour enivrer de rire l'enfant d'un vieil homme
Certaines nuits
Vivent des partitions écourtées
Sur une route de campagne
Certaines nuits
La roue de la Fortune ne fait pas de révolution
Certaines nuits
Préfèrent une incinération de peur
D'une résurrection
Certaines nuits
Higelin de poussière se perd
Dans le firmament
Certaines nuits
Devraient passer l'escoube devant leur porte
Certaines nuits
Refusent pour vivre libres
Certaines nuits
De guerre civile s'abhorrent uniformes
Certaines nuits
Demeurent sourdes au aslam taslam !
Certaines nuits
Rament pour charger la mule
Certaines nuits
Se plantent dans l'œil au doigt mouillé

Certaines nuits
En alpaga portent des bracelets
Certaines nuits
S'effraient de la folie qui relit
Certaines nuits
Tiennent un journal du lendemain
Certaines nuits
Tombent à poing levé
Certaines nuits
Ondulent canon sans la poudre
Certaines nuits
Funambules sur le fil du rasoir
Certaines nuits
Encensent un suppôt de Satan
Certaines nuits
Opulentes se moquent du denier de la veuve
Certaines nuits
Jouent des poings d'orgue en cadence
Certaines nuits
Jettent à l'abyme des hérauts de tout temps
Certaines nuits
Abreuvent les hommes du même tonneau
Certaines nuits
Embrassent mal en point avec leur sextant
Certaines nuits
Naïves de sacrifient pour qui ou pourquoi ?
Certaines nuits
Zarathoustra égaie de son silence

Certaines nuits
Dorment dans des lits d'insomniaques
Certaines nuits
Sombrent dans le coma du désir
Certaines nuits
Tournent du café au lait par dégâts
Certaines nuits
Pimentées s'en mettent une couche
Dans l'suna
Certaines nuits
Déclassent des prolétaires sans lutte
Certaines nuits
Grillent des praticiens pour déclarer
Leur flamme
Certaines nuits
Culs-de-jatte se bottent les fesses de dépit
Certaines nuits
Dansent des Rigaudons
Sur des marches funèbres
Certaines nuits
Face de bouc séduit une chèvre
Certaines nuits
Parquent les homanimaux protégés
Certaines nuits
Parfumées des fragrances du Nard
Certaines nuits
Infidèles passent une alliance

Certaines nuits
Dégustent des tranches de vie napolitaines
Certaines nuits
Ne se posent plus de questions
De peur d'y répondre
Certaines nuits
Ne se greffent pas d'œil sur la nuque
Certaines nuits
S'amusent des attentats à la pudeur
De Saint-Tropez
Certaines nuits
Se perdent dans les rayons en promotion
Certaines nuits
Un poète prend son pied d'estal
Certaines nuits
Arborent des bonnets blancs pour charmer de
Blancs baudets
Certaines nuits
Se cueillent au ras des pâquerettes
Certaines nuits
Boivent quand le vin s'étire
Certaines nuits
Les détails du diable sont érotiques
Certaines nuits
Restent sur l'estomac d'un dormeur
Certaines nuits
La maison d'un pendu défait
Des nœuds marins

Certaines nuits
Se perchent sur une corde raide
Certaines nuits
Frisent le ridicule pour aller danser
Certaines nuits
De pied en cap jouent Cyrano
Certaines nuits
Usent leur fesse-mathieu
Certaines nuits
En fourrure se sacrifient à Vénus
Certaines nuits
Se fouettent pour dormir comme un sabot
Certaines nuits
Appellent Baptiste une ombre diaphane
Certaines nuits
De solitude étouffent surpeuplées
Certaines nuits
Un judas s'ouvre pour douze deniers
Certaines nuits
Des hémorros chassent un grain de sable
Certaines nuits
Des chenilles ondulent sur un manège
Certaines nuits
Des boucles d'oreille tapent des S.O.S.
Certaines nuits
Portent des chemises de nuit palpitantes
Certaines nuits
Trient des lentilles pour observer les étoiles

Certaines nuits
Une cigogne porte sa croix du Sud
Certaines nuits
Portent un pyjama bleu horizon
En juin soixante-huit
Certaines nuits
Lancent des pavés dans la marre
Certaines nuits
Fuient des sommiers pour traverser entre
Les clous
Certaines nuits
Perdent leurs taches de rousseur en été
Certaines nuits
Croisent de célestes clochards
Certaines nuits
Une jeune fille offre son corps à la science
Certaines nuits
Des clochers se portent querelle à Brest
Certaines nuits
Un pot-pourri valse au bras d'une poule
Certaines nuits
Un hébreu parle chinois à un iroquois
Certaines nuits
Le père François paie son coup
Certaines nuits
Une ombre capture une proie
Certaines nuits
Des gonds restent chez eux

Certaines nuits
Des têtes de pipe gagnent à durer
Certaines nuits
Du sex-appeal à sortir couvert
Certaines nuits
Des agneaux de lait se portent en broche
Certaines nuits
Un écrivain se déplume
Certaines nuits
Un rédempteur pèche des appas
Certaines nuits
Des pas perdus portent plinthe
Certaines nuits
Des chiques sabrées au culot s'étonnent
Certaines nuits
Les cheveux poussent sur de sales guerres
Certaines nuits
Foutent le zbeul pour l'ambiance
Certaines nuits
Tirent leur révérence

Certaines nuits
En appellent d'autres ou pas

bertrand.vet@laposte.net

Dépôt légal : Avril 2018
Editeur 978-2-906294
ISBN : 978-2-906294-11-0